A linha augusta do campo

Sidnei Xavier dos Santos

A linha augusta do campo

Sidnei Xavier dos Santos

Imagens

Cídio Martins

para meu pai e
para meu filho

Agora escreve: dentro de mim, este que se faz agora,
dentro de mim o que já se fez, dentro de mim
a multidão que se fará.

Hilda Hilst

Na minha inocência, pensava que seria preciso
dizer a verdade em tudo o que se falasse do objeto
elogiado; a verdade deveria ser o fundamento
próprio do discurso, para daí escolhermos
o que houvesse de mais belo e apresentá-lo
na melhor ordem possível.

Sócrates, n'*O Banquete*

Uma coisa é certa: não se improvisa uma vitória.
Vocês entendem? Uma vitória tem que ser o lento
trabalho das gerações.

Nelson Rodrigues

Apague a luz, está ofuscante.
Na penumbra, é muito mais íntimo.

Henri Cartier-Bresson

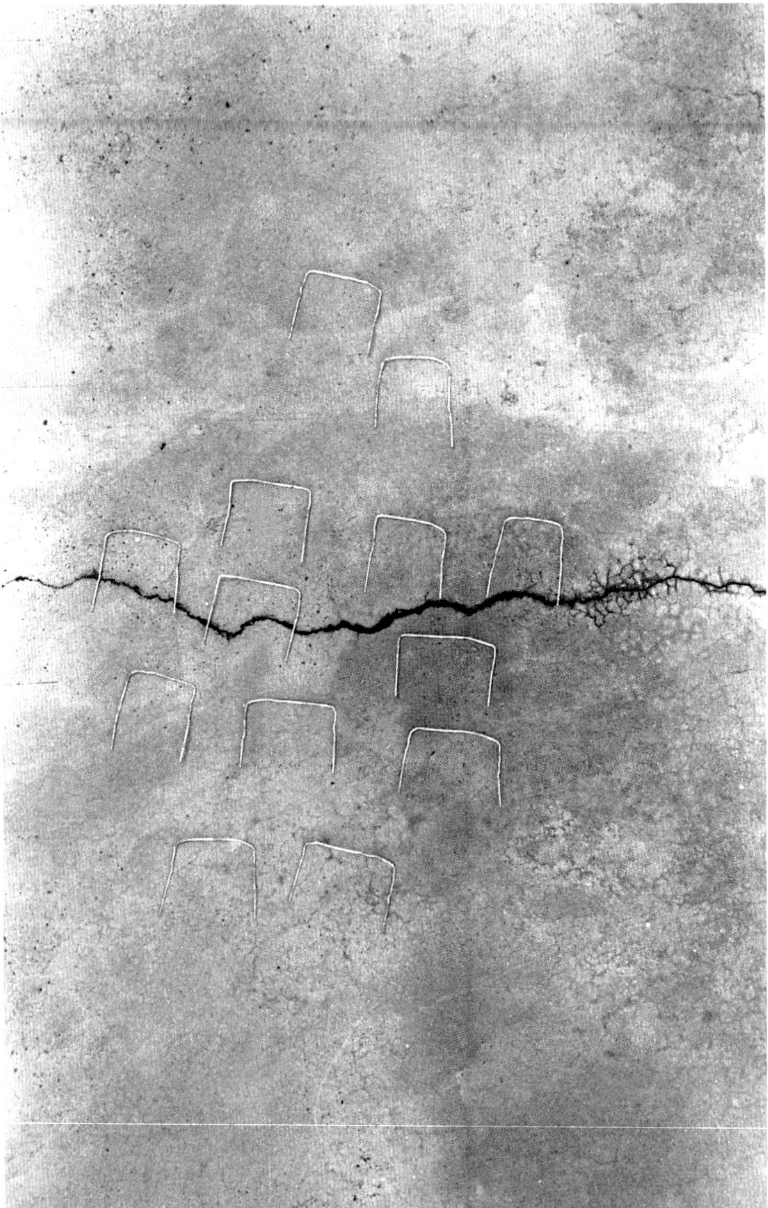

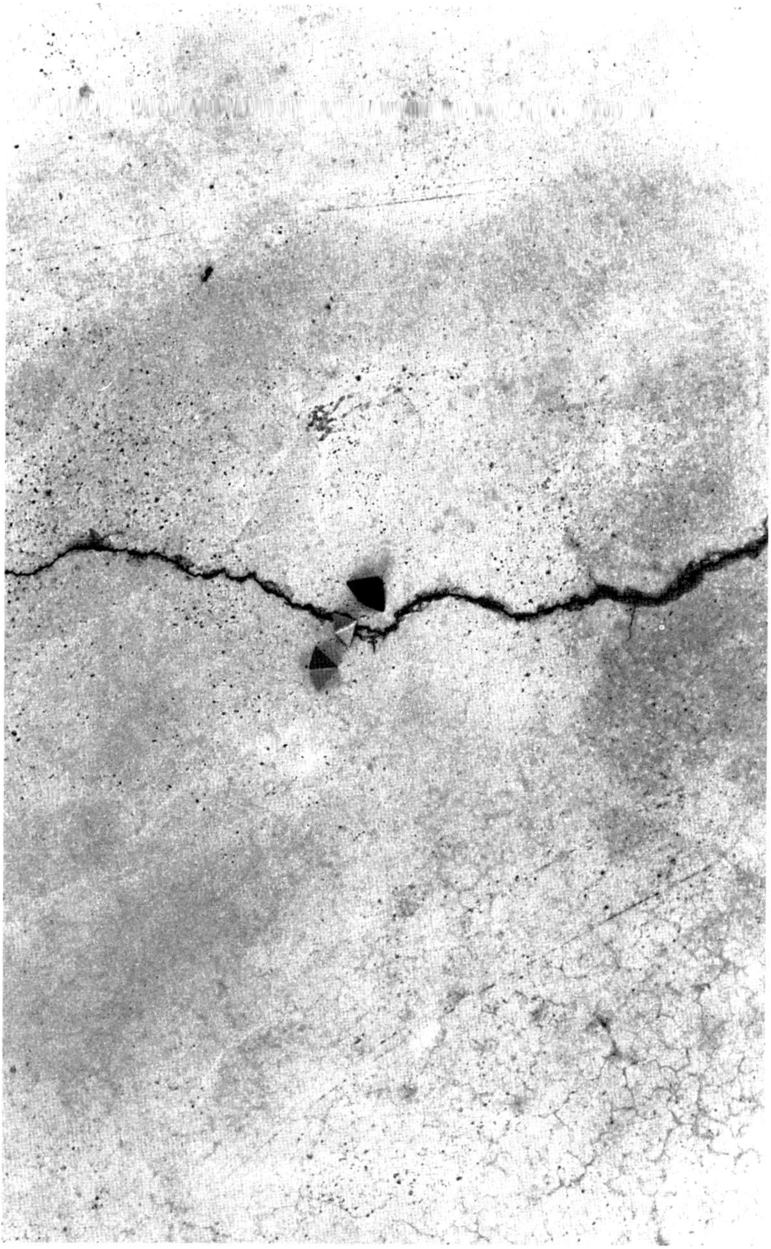

1

O pai está com o filho e os dois encaram a câmera. Em toda a vida, é a única fotografia que os une, só os dois no mesmo enquadramento. De fato, o filho não se lembra de outra tão nítida, ou que estejam apenas ele e o pai, ou que a foto tenha sido tirada exclusivamente para mostrar os dois, pai e filho posando para quem os fotografa. Lapso de memória do filho, pois há outra, só com os dois, não tão bela como esta, nem tão natural, pai e filho sentados, o filho no braço do sofá, o corpo inclinado para o pai, que larga um sorriso discreto. Mas aquela é acidental, roubada numa distração dos dois, como um flagrante. Esta não, esta foi pedida, pensada para o momento e para a luz que há. Faz calor, dentro e fora da imagem, no interno e externo da cena, no interior e exterior do narrado. O sol é forte, o verão é típico. Os dois sorriem como costumam, sem mostrar os dentes, acham a arcada menor do que a boca, como se ali flutuassem, é estranho, embora haja beleza, e antes foram sempre assim, de sorriso curto, mais satisfação que alegria, não menos feliz que esta, não menos segura que aquela. De fato, vão entre o sério e o jocoso, e o riso é só um rascunho do que sentem, esboço concebido em pudor, que os dois sempre acharam que sentimento dá-se aos poucos, em silêncio, talvez os olhos nos digam mais do que diz a boca, que é próprio dos olhos serem mais eloquentes, e era próprio dos dois usarem pouco a fala. Os dois usam óculos, do pai bem colado ao rosto, cobrindo a sobrancelha, o aro grosso e marrom, os olhos bem enquadrados, centrais, já um pouco caídos nos cantos, pela idade certamente, que melancólicos nunca foram, o pai não era do tipo, as pálpebras um pouco baixas, a claridade é forte e a luz vem da esquerda da foto, justo onde está o pai, mas seu olhar é afetuoso, e brilha. O filho usa os óculos sobre o dorso do nariz, tangenciando as linhas superiores do olho e do aro, que é preto e fino, de metal, mais leve que o do pai, que os olhos do filho são também menores, mais amendoados, embora estejam quase inteiros na sombra e se abram mais que a boca, são fixos e incisivos ao fotógrafo, mas ainda assim são convidativos e estimulantes. E brilham. Há mais que se possa dizer da foto, o pai está em pé, o filho, que é mais alto, apoiado em um banco, sua mão direita ao ombro do pai, que está mais firmado ao chão, as mãos cruzadas sobre a barriga saliente, que em outros tempos já fora até mais destacada, enquanto o filho tem mais ângulos, o corpo mais torcido, outra geometria, um pé solto no espaço, o outro pela metade encostando ao chão, apenas dando equilíbrio. A postura do pai é rija, a do filho fluida, mas ambos estão leves, como se pairassem no quadro, como se a pose os elevasse acima, uma vez que os olhos de quem vê a foto inutilmente resistem a não se elevarem, a não fitarem o rosto dos dois. Ao ver a foto, o filho se sente fotogênico enfim, o que sempre invejara nos retratos do pai, que nunca fora modelo, artista de televisão, nunca posara para propagandas de canetas, mas sempre ficava bem nas fotos, talvez o enquadramento, a proporção das linhas, a naturalidade diante da câmera, o filho nunca soube explicar direito, mas admirava os retratos do pai, enquanto os dele eram raros e arredios, fugia das solenidades, dos momentos íntimos da família, ou quando era fisgado se enfiava entre os maiores, escondia-se e só parte da cabeça, ou do corpo, podia comprovar que ele estava na foto. A mãe teve dificuldades de encontrar-me alguma, três de quando era criança, nenhuma da adolescência, exceto as de rosto que iam para documentos, todas amareladas, para as quais o filho sempre tinha uma ironia, o mau gosto nas roupas, o ridículo das poses, o cabelo desgrenhado, a magreza indisfarçável. A mãe retrucava que as roupas eram do tempo, as poses eram dele, que não queria tirar a foto, o cabelo sempre fora rebelde, e a magreza a mãe tentara de tudo, até vermicida lhe enfiara na boca, mas ela gostava dele assim mesmo, que as mães não se importam com a feiura dos filhos, são seus filhos e basta, mesmo que as fotos não tenham graça, mesmo que pareçam ridículas com o tempo. Mas dessa foto com o pai ele gostou, está bem nela, quase tão bem como está o pai, embora o pai ainda se recuperasse e carregasse um leve abatimento, que a magreza incomum denunciava, mas a diferença entre os dois nem é relevante, nem há qualidades que eu queira destacar nesse momento, a foto é boa, colorida e luminosa, e todo o espaço preenchido de silêncio é eloquente. Pai e filho olham além da cena, além do que os captura, a fotografia tem essa absurda qualidade. Naquele dia falaram pouco entre eles, embora a conversa tivesse sido disposta à mesa como iguarias. Pouco também se falaram antes do dia da foto, que o filho telefonava pouco. Pouco se falaram nos dias depois da foto, que os hábitos de ambos não mudaram muito. Algo na imagem, atrás das cores, na geometria das poses, na assertiva dos olhos, nos comunica. Talvez as palavras estejam em negativo, talvez precisem de filtros, talvez o fotógrafo se obrigue a nos explicar sua arte, talvez o que pouco dizem pai e filho precise ser visto nos pontos de luz e de sombra.

2

Embora o silêncio, o filho lembrava o primeiro palavrão do pai, o desvio de língua, a impropriedade do significado. O pai que pouco falava, que era econômico e sucinto, sintético, não gastava palavras e menos ainda admoestava, ofendia, que nem raivoso era chulo, que quando molestado somente aprumava o peito e seguia, e mesmo quando retrucava, vez ou outra, o fazia sem tranco e esbarrão, orgulhoso na postura e nas palavras, sem rebaixar o diálogo, no domínio dos significados, alavancando o corpo acima do viscoso que a bile no chão derrama. Mas aquele dia foi o improvável, inesperado, o filho diz que nem mesmo o motivo até hoje lhe é muito claro, e além dos dois, havia quarenta mil pessoas também sentadas que ouviram com nitidez o impropério que o pai soltara. Não lembra bem se ouviram porque a injúria foi berrada, ou se o arquiteto que projetara aquilo teria se inspirado num teatro grego, e de qualquer ponto se pudesse ouvir o que um sussurrasse ao ouvido de outro, Téspis pedindo o texto a Sófocles, ou se os quarenta mil se calaram premeditados, certos de que a ofensa sairia naquele momento, o que o filho, porque era criança, não percebera, ou se sabiam que o pai era cordato e a ação os impressionara, lhes parecesse inédito que um homem justo fizesse uso, mesmo se motivado, de um xingamento. Todas as sílabas da palavra, entretanto, o filho lembra, percutiram como fogos, ricochetearam em toda a arquibancada, na cara espantada dos quarenta mil, que a ecoaram no estádio, ádio, ádio. O filho não se lembra se o jogo parou, se por um átimo o atacante não pediu que o lançassem, se a bola esperou para transpor a linha de fundo, se a mãe de alguém se ofendeu nesse instante, se o juiz fixou o eterno no apito ou se apenas o tempo externo ao fato retardou o andamento, para mais a frente retomá-lo, e som e imagem, como num filme, o tiro matou o facínora, os olhos se arregalam, mas o estampido se ouve com o corpo se projetando no assoalho, sem o ter ainda atingido, mas muito além do disparo que vimos, quando então os dois se encontram, tempo e espaço voltam a andar juntos, a ser um apenas, mesmo sendo dois, todos sabemos disso, e o filho também sabe, por isso é que teve a surpresa, não do tempo e do espaço, mas do palavrão do pai ter sido ouvido por quarenta mil pessoas e nenhuma delas o ter censurado, um pai não podia dizer aquilo, mesmo que todos os outros dissessem, em todo o estádio, a cada cinco palavras, às vezes a arquibancada inteira entoando o xingamento, chamando repetidamente o adversário de viado, como se fosse um mantra, como se o tornando homossexual lhe travasse a habilidade, como se afeminado não pudesse dominar a bola ou chutá-la, como se a deixasse passar para o macho que vinha no sentido contrário, como se a ofensa o enervasse e só acertasse a trave, e nem vou falar das metáforas possíveis, nem vou considerar se o que o cara faz na cama e com quem o faz interfere no que faz no gramado, ou se o juiz, sendo filho de quem é, apitasse a falta para quem lhe ofende a mãe, como se bichas e putas decidissem campeonatos, como se estivessem preocupadas com a oração dos jogadores, com as faltas dentro ou fora da área, com torcedores apanhando da polícia, querem que todos se fodam, mas não é disso que a história trata, e sim da palavra que o pai proferiu diante do filho e de quarenta mil pessoas, afronta que nem tocava na questão do gênero e que, convenhamos, nem mesmo o ofendido se deu conta de que o palavrão era para ele, tanta coisa se ouve, mas não é o que importa, já disse antes, importa que o filho, que via sempre o pai contido, em silêncio, com o qual pouco falava, andavam juntos e pouco diziam, importa que o visse agora arrebatado, passional, enfurecido, xingando entre quarenta mil pessoas, quem com ele pouco falava, eram quase silêncio, e a ofensa nem era para ele, mas o deixou espantado. Entre filho e pai, isso ele me diz agora, havia uma linha, que ele então não divisara, que separava o pai que até ali ele conhecia do pai que o palavrão escancarava, bastante sutil, quase imperceptível, que o arroubo do pai, único no dia, pôde traçar pela primeira vez. O pai se colocou depois da linha e em seguida se recolheu. A pista foi o palavrão, mas a essência não estava no vernáculo.

3

Naquela final o soco do filho quebrou o lustre da sala. Embora fosse bonito, o cristal era falso, como os lírios no vaso, os barcos no quadro, a madeira na estante, porque era assim, porque o autêntico era caro e nesses casos a vida passa a ser bela se a beleza é de plástico. De qualquer modo, o lustre quebrara e os cacos espalhados no chão tiveram a ousadia de brilhar, como os fogos que espocavam no bairro. A poesia ressuscita a memória, diz o filho, os fatos que morram prosaicos. A mãe ignorou o poético e veio à sala espumando, já imaginava o absurdo, chamou-o de displicente, irresponsável, estúpido, não importava o preço do lustre, a falsa elegância, ela cuidava da casa, não interessava que a estética era barata, não tinha mas porém entretanto pega logo essa vassoura e essas coisas comuns de mães ciosas da casa, ou nem tão comuns quando se tem uma mãe que é ruiva, como essa, os cabelos longos e esbraseados, a pele pintada, os olhos às vezes lançando chamas, o que era exagero e sarcasmo do filho, só quem as tem, ruivas, é que sabem, os sonhos são vermelhos, vermelhas as lembranças, vermelha a materna matéria da vida que nos cria, quem não as tem vive de outras cores, com outras qualidades, nem menos nem mais, nunca no entanto rubras, o que faz grande diferença, o filho sabe e não pretende explicar detalhes, isso não é um romance, nem eu vou explicar, afinal a mãe não é minha, é do filho e ele é que está varrendo a sala agora enquanto o jogo ainda segue e o pai em toda a cena não se levantou do sofá, não repreendeu a imprudência do filho, não foi cobrado pela esposa ruiva, surpreendentemente, mas levantou os pés do chão para que o filho varresse, afinal o jogo ainda estava 1 a 0, nada garantia que o time resistisse, sabia das falhas da equipe, aquela defesa, não prendiam a bola no ataque, seria um sufoco, o coração era bom, felizmente, embora o filho relate que à hora do soco o pai contraíra o semblante, talvez com o barulho e o susto, as sobrancelhas aproximaram-se e os lábios levemente comprimiram-se, por certo prevendo a entrada da mãe na cena, e a impossibilidade de se ouvir o que diziam do jogo, aproximava os ouvidos da tela para distinguir as palavras, mas sabia que precisaria esperar a mãe terminar a reprimenda para voltar à partida, por isso palavra alguma se tenha ouvido do pai, eu mesmo que narro não ouvi nada agora que estou narrando, foi só o rosto mesmo que esboçou a mudança mas logo desmudou que a bola pererecava (oh! fabulosas metáforas!) onde não deveria.

O filho, porém, não vira o que vi porque varria, juntava os cacos brilhantes do assoalho, infinitamente mais lento do que a mãe ordenara, mas metódico, detalhista, que caco algum restasse, não por medo da mãe, que não tinha, mas pela culpa de filho que não intentava aborrecer a mãe, por isso o filho não viu o que vi, embora quisesse logo voltar a ver o que estava vendo até o momento do soco, não viu o rosto do pai, enquanto o filho varria, abrir um sorriso, sem mostrar os dentes, que não era do jogo, nem da mãe ruiva, nem da bronca que o filho ouvira, nem da minúcia da varredura, mas do ato em si, o que deu origem a toda a cena, o soco no lustre, que de verdade o pai não vira integralmente, só da metade em diante, após o soco, o lustre se espatifando, os olhos do filho indecisos entre os cacos no chão e o replay do gol, o pai repuxando os cantos da boca não pelo chiste nem pelo susto mas porque o filho gritara e agira de um modo insano. Insano porque hereditário, pensava o pai. Porque um dia pai e filho sempre se parecem.

4

O filho nunca viu o pai curvar-se à derrota. O pai calejou-se, pensava, carregou pedra, construiu muro, plantou alicerces, foi puxado pelo avô entre os bairros pobres para erigir casas, dar solidez aos corpos. Viu o melhor e o pior, nenhum deles lhe tirou o prumo, o desencanto que se fez dor não o derrubou, talvez o tenha pressionado um pouco, tentado vergá-lo, mas em vão, nem os anos de insucesso, nem a ingratidão dos fortes, os reveses do dinheiro, as traições da sorte, se muito tiraram lágrimas logo engolidas, logo escarradas, que o peito não constipasse, não embargasse a voz, que as palavras não partissem pelo confronto e as reações fossem suspiros, jeito de equilibrar a alma quando pesa em demasia e o passo dado à frente é exclusiva extensão da vontade. Assim o filho via o pai, mas o pai que via não era o pai que era, ou antes era uma parte e não o todo ou só a parte virada para o filho ou só a parte que o filho podia ver, não por vontade, que o filho não impunha o desejo ao pai, nem a quase nada. Não era o todo, o desespero, o achincalhe, a imprecação, a dúvida, a fúria contra o chefe, o gerente, o supervisor, o encarregado, o superior e todos os filhos da puta que estão acima dos que estão abaixo e abaixo dos que estão acima, plagiadores do aviltamento que o pai vivera décadas na empresa, na firma, na fábrica, na indústria, na corporação ou o caralho que se queira chamar, pouco importa, importa que o filho vira o lado recreativo, os jogos do departamento, os churrascos das seções, as disputas entre equipes para as quais o pai levava o filho e o enfiava entre os adultos. Pensa que o pai confiava, que aguentaria trancos e chutes, que levaria boladas sem reclamar, que levantaria e correria mais que os obesos da Ferramentaria, driblaria três, que a fome de jogo superava o orgulho, que o cansaço era ínfimo diante da possibilidade de encobrir o goleiro, que o zagueiro não era grande o suficiente para pisá-lo, talvez o pai lhe testasse a fibra, mas diz o filho que nem sabia o que fosse isso, que quando diziam raça, pensava em cachorros. Gostava do jogo, da plasticidade dos lances, do contentamento dos gols, do prazer das vitórias e desafio das derrotas, a indústria se adequava àquela bola, não via o entorno, a inflação galopante e suas metáforas econômicas, as mudanças frequentes de casa, o envelhecimento do pai, o endividamento, o capotamento do carro em outra cidade, a aguardente e a cerveja, os entrechoques com a mãe, o monopólio do silêncio, a demissão no aniversário do pai aos vinte anos de empresa, o mofo nos cantos da casa, os cães que iam morrendo. A cada derrota o pai sorria menos, a linha da boca desenhando uma outra curva, descendente. No entanto, o pai sempre guardava um chiste, nunca aquele de escancaro, que se ri a partir do estômago, que deforma o rosto e que termina após minutos com certo constrangimento dos que já pararam antes e ainda te esperam perder o fôlego, que é quando o silêncio abafa o cômico, mas o miúdo, sem som, quase envergonhado de sua graça, talvez porque atrevida, talvez porque caso não rissem também ninguém se apercebesse e o dito se entendia como sério, o que já era uma salvação para o significado. O pai, ao menos, teria a chance de apertar os olhos por alguma alegria, mesmo que ácida, mesmo que única.

5

O grito do pai não era a contradição do seu silêncio. Era uma ostra, um túnel, uma caverna, um quarto fechado, um mergulho, um surdo, era o silêncio espalhado em ondas, a bandeira enrolada, um estampido, o punho erguido, um soco seco, o corpo estático, alegria represada que abre uma só comporta, barragem sólida, contém e não derrama, como a palavra, sempre pouca e parca, a bronca sempre curta e certa, o choro de uma lágrima, nada espalhado, tudo no devido lugar, o dinheiro no bolso esquerdo, as notas maiores embaixo, todas na mesma posição, a contagem lenta e a nota esticada, nova mesmo quando velha. Talvez lhe alterasse o valor impresso ou a demora era um plano para estender a posse do dinheiro que os anos foram encurtando, o que o pai não dizia e nada reclamava dos planos econômicos e dos ministros, delfins e funaros, maílsons e zélias, fernandos e serras, embora tenha perdido uma casa, tenha mudado de bairro, tenha trocado de carro, não fosse mais ao estádio, embora o pai e a mãe discutissem, embora desempregado passasse a prestar serviços, a dirigir kombis, visitar cemitérios, arrematar as velas dos mortos, embora a ida ao mercado espaçasse e já não fosse robusta, os filhos adolescessem e se afastassem, o silêncio na casa colasse às paredes apesar dos debates, embora tudo atordoasse, o som, o barulho, o ruído, embora Tonico e Tinoco não mais se tocasse, e a música agora, dodecafônica, que o pai nem sabia o que fosse, se a ouvisse, é certo, soltaria um chiste, não diria uma bosta, mas isso não é música, não era do pai esses rompantes, mas no sarcasmo jogaria uma ideia, que é melhor que o argumento para quem adolesce. O grito do pai permanecia o mesmo, staccato, e mesmo quando o filho ao pai se juntava num mesmo grito, e mesmo que o grito vibrasse a casa, e que o vizinho dormisse, como se fosse possível dormir quando nas noites de quarta o time jogava e a mãe invadia a sala e pedia silêncio que aquilo não era hora, tinha gente dormindo, que o pai era irresponsável, que o filho tinha escola no dia seguinte, e ai se não levantasse, que o vizinho já tinha reclamado, embora fosse bom camarada e embora torcesse para o adversário, só não gostava de jogo, o que era um contrassenso, isso o filho não compreendia, o pai sabia já que a vida não se resumia ao campo, mas ainda não dissera ao filho, preferia que o descobrisse sozinho, era assim que pensava como o menino devia ser educado, descobrir as coisas sozinho, dar cabeçada, se apanhasse na rua que engolisse o choro e voltasse para casa, de olho roxo mas cabeça erguida, o que o filho nunca fizera, que quando apanhava nunca levara um soco no olho, nem era assim tanto de briga, uma vez ou outra, por conta de bola, xingamento de mãe, disputa de mando na escola, essas coisas torpes da formação, que o filho só saberia após o Wilhelm Meister, o "coragem para a luta", a escola da rua do Costa, antes só chegava sujo, mas aí era do jogo, fizera gols e o pai não perguntava, que o filho desse conta das aulas era suficiente, respeitasse a mãe, não brigasse tanto com os irmãos, o pai trabalhava muito, a mãe cuidava da casa, e era assim que acontecia, nem era bem o que devia ser, o pai não tinha grandes convicções a respeito, mas era o que era e assim funcionava, para o pai estava bom, o filho não se dera conta do significado e a mãe, que era ruiva, já sabemos que não concorda com nada. Não era tanta a adversidade para que o grito do pai não ressoasse do lado de fora do peito, não invadisse o bairro para desgosto da mãe, não empurrasse o silêncio para dentro do som que impregnava os cantos da casa, se aquele era o momento do grito, se ali podia lançar a voz no ouvido do outro, se ali era ele, inteiro, sem gerente e patrão, sem ministro e mulher, se ele era o grito, então que gritasse.

6

O filho lembra do pai nas noites de quarta. Chegava quando ele e a mãe assistiam às notícias na sala. Os irmãos estavam na escola. Sabia do pai sem vê-lo, do pisar dos sapatos, da corrente no portão, do giro da chave, o quanto bebera antes da chegada, se cerveja apenas, se com uma dose de conhaque, se duas doses de cachaça, uma antes e outra após a cerveja, em cada modalidade o som da corrente divergia, era outro o passo, a chave girava milésimos mais ou menos. O pai entrava junto com sua pouca fala. Por alguns anos ia primeiro ao banho, depois vinha à mesa e jantava. Depois mudou de hábito, sentava frente à TV, cochilava e após alguma insistência jantava e ia ao banho, ou ia ao banho e jantava. Às vezes não jantava. Às vezes não ia ao banho. Anos depois resolveu não sair do sofá, sem janta e banho. Às vezes falava, a mesma coisa, repetidamente. Um comentário político, uma dúvida já respondida, um como foi na escola, sem precisar de resposta. Nas noites de quarta, quando ainda jantava, o pai ligava o rádio que ficava sobre a geladeira, quando as geladeiras ainda eram baixas e os rádios ainda eram usados. Chamava o filho à cozinha para que ouvissem a partida. Em silêncio (o rádio é um aparelho sonoro que exige silêncio). De lá, entre os chiados, vinha uma voz nasalada, de sotaque italianado, que enchia os ouvidos de pai e filho; este, que mal parava sentado; aquele, que mal jantava, parando o garfo próximo à boca no desfecho dos lances, narrados em frases rápidas, entrecortadas, de palavras curtas, carregadas de metáforas, palavra que o filho conheceria só anos depois, é o que o filho lembra e o que me narra agora, enquanto escrevo e enquanto narro, nós três narradores, o derramado, o entrecortado e o comedido, este sou eu, porque organizo o que me narram, não enquanto narram, mas quando lembro o que narraram, que assim é o que escrevo, memória da memória, imitação do imitado, que Platão não nos ouça, que essa República já está bem farta do falso e do ilusório, mas é o que o filho narra pelo que lembra, enquanto narro o espaço entre a cozinha e o gramado do estádio, esmiuçado na voz nasal do locutor, o tempo passa, rápido se o time perde, como lesma se pressionado, se 1 a 0, é relativo, mortificante, que o minuto cronometrado não seja o mesmo no relógio e no compasso cardíaco de quem ouve o narrado, que o chute do adversário junto ao pau de escanteio parece ter passado rente à trave, espaço e tempo se embaralham, fato e memória, vivido e criado, o pai atento à voz, aguardando o que o filho aguarda, aquela sílaba, a vogal multiplicada, reproduzida em série, até o fôlego esvaziar-se, o "o" que liga a garganta ao lábio, que vem de dentro e salta, que sai do escuro após o "g" que sai da entranha, que foge do ventre e luze um oooooooooooooo ooooooooooooooooooooooooooooooooooooooooooo ooooooooooooooooooooooooooooooooooooooooooo ooooooooooooooooooooooooooooooooooooooooooo ooooooooooooooooooooooooooooooooooooooooooo ooooooooooooooooooooooooooooooooooooooooooo ooooooooooooooooooooooooooooooooooooooooooo ooooooooooooooooooooooooooooooooooooooooooo ooooooooooooooooooooooooooooooooooooooooooo ooooooooooooooooooooooooooooooooooooooooooo oo que treme os pratos, que traz o soco à mesa, que lança a cadeira e vibra ao cheiro da fritura na caixa de ressonância da casa. Pai e filho cantam juntos. Não falam, mas cantam, desdobram o "o" ao palato, formam a sílaba e gritam o gol como se fosse o último grito da existência humana. Quando morrer o último homem, seu grito será gol.

7

Tudo que escrevo é o que o filho diz, não exatamente o que acontecera, o filho sabe que a memória é omissa, que não se dá a todo momento nem a todo aquele que a queira, que o gosto da madeleine de Proust não é a chave de todas as gavetas de seu cofre, que o resto quem preenche é a fantasia do homem, que a prefere, pois sabe que o fato morre em partes, que o que vive não serve como prova e a ficção é melhor que o real, ele que se vire para ter o mínimo da graça do que o filho lembra e inventa, não sabe bem mais qual é real e qual ilusão que cria porque fica melhor, porque soa bem, porque constrói a imagem que quer de si aos outros, que quer do pai, nada disso é muito claro, por isso eu, aquele que narra, preencho o que falta, acrescento o que escapa, ajeito o que sobra, ordeno o que vaza, que a única verdade é a que vai escrita, a falada se perdeu no tempo, o gol que ele diz ter sido à direita foi à esquerda, ainda que isso nada mude, embora faça diferença, o placar final foi o mesmo, mas se ele diz que foi com a canela o gol que foi de bicicleta, aí está claro que não é realmente a mesma coisa e a diferença é mais que técnica ou estética, ou a agilidade ou o talento ou a invenção ou a surpresa ou a coragem, é já o espírito, mais que o corpo, mais que a matéria, mais que a função, é o eterno além das esferas, preparado há milênios como dizia Nelson, desde a criação das eras, o filho, por exemplo, de todos os jogos que lembra, só fez dois gols como Leônidas, os outros foram arremedos e por isso não contam, o pai nunca fez um assim, a barriga cresceu cedo e o movimento se tornava complexo e perigoso, o pai preferia o chute de frente, que pouco fazia, pois jogava na defesa enquanto o filho preferia vir com a bola do meio para a frente, em direção ao gol, apreciava o som da bola na rede, ela existisse ou não, a ausência não era um problema, as traves de chinelo ou de pedra, de riscos na parede, as colunas do portão, montinhos de areia com paus fincados, não importa que fossem baixos, que mal dessem um palmo, sempre formavam ângulos, sustentavam redes, que estufavam, e o filho corria aos cem mil que gritavam, não importa que só um cachorro o visse naquele momento, que não houvesse zagueiros, que não houvesse goleiro, que o solitário cachorro mordesse a bola, o GOL estava feito e a memória do gol é quase milimétrica, no estado de morte é a memória do gol que carrega a alma, Baltasar dixit, diz o filho, se era de cabeça, do lado esquerdo ou direito, rasteiro ou no ângulo, se o chute era forte ou colocado, seco ou em curva, se o GOL fora plástico ou chorado, com a bola mal passando a linha, se houve drible ou se a bola havia sobrado, se foi no campo, na areia, na quadra, na rua, na garagem, no gramado, no quintal, no corredor, na sala, na calçada, se havia vasos, se a trave era oficial, se era de dois passos, tudo isso a memória tem, diz o filho, inalterado, não tem o nome do companheiro, o que tabelou, o que deu o passe, fez o cruzamento, o nome do zagueiro driblado, do goleiro no chão, isso agora eu que crio, o filho me permite, só não quer que o lance seja inventado, fantasioso, quer intocada a essência, quer fidelidade, trinta câmeras ligadas, mostrar de todos os modos, que os pontos de vista não mudem o fato, mudem só o que se diz dele, se o juiz viu ou não viu, se foi burrice ou comprado, se pôs a mão sem intenção ou se o fez deliberado, se marca o pênalti ou só o tiro de canto, nada disso implica no que foi o lance, que a verdade é só uma sob diversas mentiras, é o que pensa o filho, por isso narro o que me apraz desde que não altere o fato. Posso dizer que o pai jogava pouco, já agora quase nada, ao longo dos anos as chuteiras foram abandonadas, sem o emprego já não tinha mais os companheiros com quem jogava, via o futebol na TV, parou de ir ao estádio, continuou a beber, não se sabe se pensava nos dribles, no time de 54, no avô do qual pouco falava, na mágoa do Rivelino, no dinheiro escasso, nos filhos da puta em Brasília, no que dera errado, já o filho entrou para um time, fez teste na zaga porque ninguém queria, ele era estratégico, logo foi para o meio, protegendo os zagueiros, e quando viu já buscava os atacantes para o passe, entrava na área de frente para o gol e chutava, pensava em moldar o futuro, era possível, só que ali, entre a partida de hoje e a do sábado, algo no filho nascia, o que ele, é fato, ignorava, assim como nós agora não contaremos, não é o momento, sigamos sem pressa, pois mesmo que tudo seja inventado, os gols foram verdadeiros, me lembra o filho. O melhor da memória, quando ela é inteira, dizia Heleno de Freitas, é que ela vem em silêncio.

8

Nos dias de aniversário na família, o pai sempre trazia um bolo. Era sempre do mesmo tipo, pequeno, sem cobertura ou recheio, comprado em supermercado. Havia ansiedade na espera, todos sabiam que seria o mesmo roteiro, mas apressavam o relógio, queriam logo que o pai chegasse, que abrisse a sacola, às vezes a vela era improvisada, a mãe, que era ruiva, animava as ações, os pratos e copos na mesa, o dono do bolo ganhava risos, e se batiam palmas e se cantava o que todos cantam em qualquer lugar, não importa o ritmo ou letra, a tradição manda que cantem e cantar é justo por ter chegado ao mundo, cantar na entrada e gritar na saída, não viemos à toa, estou passando portanto cantem e gritem que o canto e o grito são os intervalos da eternidade, e todo ano a festa se repetia, e mesmo repetida era sempre autêntica, todos batiam palmas e gritavam o nome do dia, que uma vez ao ano todos gritem seu nome, em seu louvor, que existimos, não nos calem nem silenciem nosso nome, gritemos a cada fatia de bolo que a mãe nos serve, como agora os filhos servidos comem com gosto suas fatias. O filho não lembra até quando duraram esses rituais, se até o primeiro casamento, se até a adolescência de todos, apenas cessaram um dia, sem palma ou grito, que o silêncio da casa chegou à cozinha. O filho não grita mais, sua mulher não gosta, embora grite bastante, mas nunca por um gol. Ainda assim, no silêncio da cama, o filho lembra os gritos da infância, as palmas nos dias natalícios, o pai e o filho que naquele dia ficaram na cozinha enquanto os outros, saciados, dormiam na televisão, era quarta-feira. De fato não é importante, nem sei por que o narro, não acredito em coincidências porque elas nada me dizem nem dizem ao mundo o que deve ser dito, apenas acontecem, é um jogo sem prêmio, nada se tira nem se revela, acaso, acaso, acaso. Mas rotina e acaso um dia se chocam, como ganhar na loteria, que o pai sempre jogava, os mesmos números, as mesmas combinações de aniversários e datas significativas do pai, da mãe, dos filhos, as placas dos carros, tudo uma lógica íntima, que não deixa de ser lógica, mas que nada interfere na vida, o sorteio é sempre a mesma espera para milhões de lógicas íntimas frustradas. O pai dizia que devia nascer no Acre, ou no Amapá, essas teorias que sabemos não terem lógica embora traduzam fatos. O filho me narra, era seu aniversário, você fazia dez anos, me mostra os números, o jogo, dez numa partida, mas a lógica era falha, o que significava, ele sabia que nada, porque contar isso, era apenas fato, ele sabia, mas porque aquilo lhe vinha à memória mais que o primeiro amor, mais que os desvios de conduta, nada dizia mas teimava em repetir-se, me recusava em narrar embora ele insistisse, o que isso traz ao narrado, nem entretém, seria o último caso, você tem razão, apaga, o caso da escada também, o filho ter visto o tombo do pai antes do estrondo, essas coisas de psicologia barata, apaga tudo, nada faz sentido, e é disso que estamos atrás, não, não estamos, apenas narro, não há motivo, então por que narramos, porque narrar é o sentido, isso não basta, quando a memória entra em êxtase, o Universo se cala, lembra que pai e filho sorriram das coincidências e falaram disso por dias, além do que costumavam, fizeram piadas, reviram os lances, nada que fosse épico ou desse um romance ou que discutissem a conjuntura dos astros, nenhum dos dois era disso, sabem que nada recebe atenção dos deuses, aqui fomos postos e aqui nos viremos, sem lamento e imprecação, que os deuses se lixam para essa ladainha, só não explicam por que nos colocam em movimento, como a bola entre os pés de Garrincha.

9

O filho olha a foto do pai no bar. Os amigos, rostos sem nome, estão também sentados, enfileirados nas cadeiras de metal vermelho, olham todos para a câmera, com a rua ao fundo, os copos de cerveja à frente e muitas garrafas ao alto, nas prateleiras. O pai está do lado esquerdo, com a camisa listrada, preta e branca, a preferida, já esticada na barriga, o filho nota, embora o pai não se incomode, era a que mais gostava e a que o filho depois herdara e que lhe descia até as coxas, tão desproporcional, naquela época, o físico do pai em relação ao filho. Está de chinelos, era domingo, os braços cruzados, o rosto sorridente. É o único paramentado, embora outros ali também seguissem o mesmo time. Apesar das condições em que foi tirada, a fotografia não é ruim, o motivo foi bem enquadrado, a luz externa não escurece a interna, e as cores, apesar de já desbotadas pelo tempo e a qualidade da impressão, ainda são nítidas. O filho volta à camisa do pai, sua herança após a foto. As camisas sempre eram herdadas por ele e não pelo irmão, que não as apreciava, e mesmo quando o filho se incomodasse com os tecidos, geralmente sintéticos e quentes, as usava com constância, costumava alargar os colarinhos apertados, repuxava o tecido a toda hora, odiava a poliamida, as meias que tinha não usava, mesmo a mãe brigando, insistindo que duravam e lavavam melhor que as de algodão, mas o filho tinha esses desconfortos na pele, o que abafasse, coçasse, pinicasse, os ivanhoés da infância, enfiados a custo na cabeça e vigiados para não serem arrancados, as blusas de lã compradas em lojas populares usadas como inimigas e retiradas com alívio, talvez preferisse viver nu, os índios viveram enquanto puderam, o país é quente, eram argumentos fortes que a mãe ignorava, ela que era ruiva. Mas as camisas do pai ele usava, mesmo quentes e abafadas, principalmente a branca, usava até esgarçarem, desbotar o escudo, apresentarem furos. A da foto usou por dez anos, não diariamente, até que ela mesma não mais o permitisse, exausta de tanto uso, o que a mãe alegremente acatou sem demonstrar, poderia dar à caridade mas o estado era lastimável e foi mesmo ao lixo, a mãe nem torcia para o time, criticava a multiplicação daquele escudo na casa, nas roupas, nos acessórios, nos adesivos, a mãe não compreendia, ou talvez quisesse que fosse diferente, que o símbolo era a ponte, a palavra que ligava o pai ao filho, a comunicação muda, o meio e a mensagem, o elo entre os dois. O preto e o branco, nunca contrários, jamais se negando um ao outro, na ausência de um o outro lembrando-o, por isso as camisas eram a herança que o pai legava ao filho, não havia muito mais a legar, os anos e planos deram conta de eliminar as posses, mas as camisas ficavam, e o filho as honrava, gastava-as até o fim, usava-as nos fins de semana, jogava com elas, compreendia-as até mais que o pai, que só as usava em dias de jogos importantes, a relação era outra, ficavam dobradas no fundo das gavetas, de lá saíam bem pouco, por isso chegaram ao filho tão conservadas, que as consumiu no corpo, muitas vezes lavadas e novamente vestidas, que a mãe até brigava pela frequência, não tinha outra roupa, você não está no estádio, a mãe não entendia ou não queria entender que as camisas deviam ir se gastando com o tempo de tanto uso, de tanto estar à pele, em silêncio, como se gastam, entre pai e filho, as palavras.

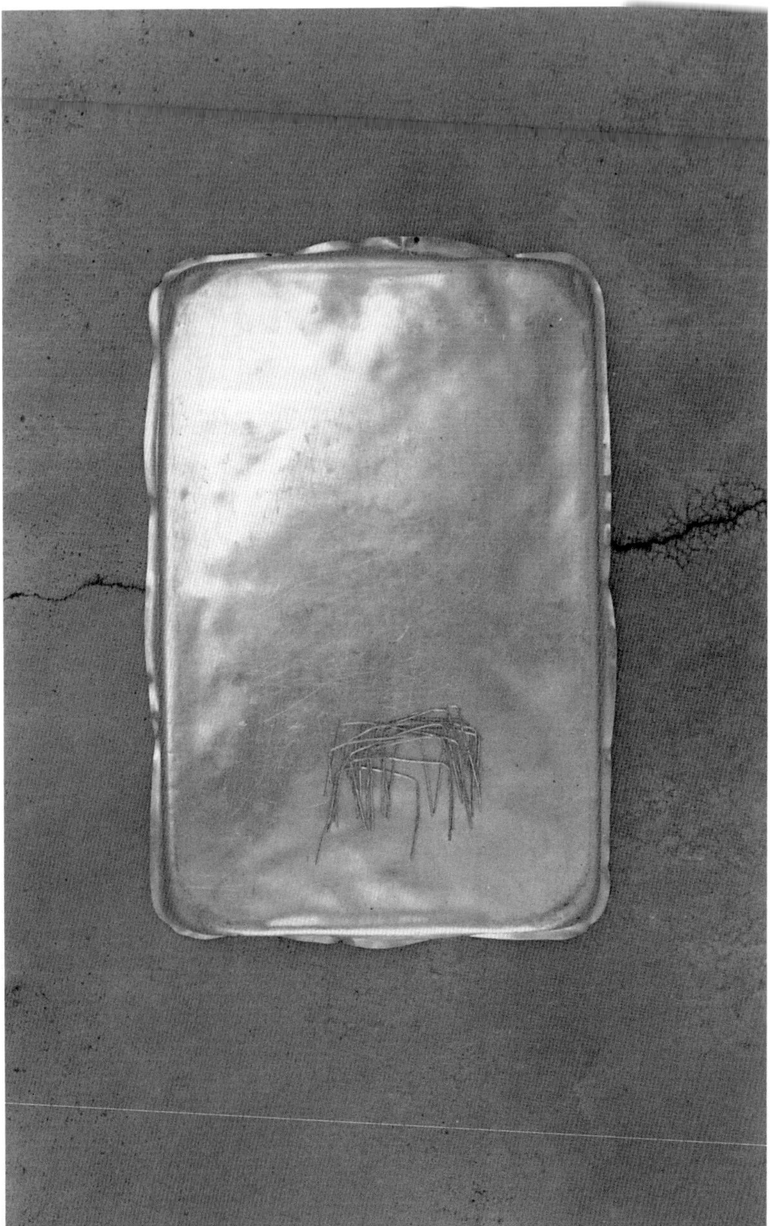

10

Mas a vida traz o câncer, esse anti qualquer camisa, esse que mancha e desbota, que esgarça e perfura, que amassa e alarga, que rasga e descostura, que perverte e corrompe, o câncer atacou o pai, como um impedimento, um anticlímax do jogo, o pai que nem gripe contraía, nunca tossia ou espirrava, pouco sentia frio, não tinha unha encravada, dormia e comia bem, bebia o seu tanto, mas o câncer o invadiu, como uma praga, como uma briga por camisas, como uma vaia envenenando o próprio time quando ele perde, o pai de repente entorpecia, como se o jogo mudasse o ritmo, mais lento ou rápido, dependendo de como se via, mas já era outro jogo, mais difícil, com centroavante falso, que não ia para cima, prendia a bola, era desarmado e ficava no campo, desolado, sem mexer um músculo, olhando a partida, ou uma retranca, todos atrás, em linhas, rechaçando o que vinha, se bola ou adversário, como um paredão, duro, intransponível, ou o meia com a bola, não sabendo para onde iria, correndo com ela, de um lado a outro, inconsistente, indeciso, querendo passar ao volante o que só a si lhe cabia, por direito e talento, mas que ali lhe era um peso, queria livrar-

-se da bola e lançava a ninguém, no vazio, morrendo no pau de escanteio, o fato é que o jogo virou, o campo era outro, sem grama, sem gritos, gelado, branco, em silêncio, de esperas intermináveis, muitas horas no banco, muita gente esperando a vez de entrar, embora não o quisessem, no jogo, sem treinamento, sem preleção, sem saber se era melhor estar fora ou dentro, se fora, o câncer vencendo, sem estardalhaço, avançando sem gol, dominando, tomando posse, se dentro, os que não venciam, saíam de maca, eram expulsos sem falta, e o pai saindo de um banco a outro e não entrava em jogo, era assim mesmo, milhares esperavam, a sorte é para poucos, o pai espera, não está sentindo dor, embora esse seja agressivo, tudo vai dar certo, olha a fila como anda, já foram dois atendidos em quatro meses de espera, isso é bastante, outros já desistiram, alguns já morreram, penduraram as chuteiras, o senhor é o próximo, para os exames, brinca o atendente, e o pai ri do chiste, hoje não há quem o atenda, um pediatra não serve, o senhor passou da idade, novamente brinca o atendente, é um humorista, o pai dele também morreu na fila, consola, mas era impaciente, outra piada, vamos marcar para maio o exame, em setembro sai o resultado, em novembro o senhor pega a senha e no máximo em março o doutor lhe atende, fique tranquilo, e já não era piada porque o jogo seguia, o goleiro fingindo um choque, o gandula desaparecendo, uma câimbra inesperada, o jogador que na troca sai como se fosse uma procissão de domingo, o juiz que dá só um minuto de acréscimo, tudo para gastar o tempo sem o jogo, mas o filho lembrava ao pai aquela semifinal, o drible na linha de fundo, o zagueiro prostrado, dez segundos para o término, e a bola no canto, entre a mão do goleiro e a trave, a alegria que foi, os gritos que não paravam, o sorriso bestificado, a respiração que ofegava ainda após o apito, o pai lembrava e sorria, o pai sempre sorria na fila de espera, sorria de uma consulta a outra, do especialista que dizia o contrário do colega, e seguiu sorrindo por mais de um ano até a primeira cirurgia, primeira vez que o filho via o pai na cama, entorpecido, entregue, inautêntico, o rosto franzido, a voz rouca e tênue, que se deu conta que o câncer não era o juiz, que amarrava o jogo, marcava errado e irritava a torcida, que tinha a mãe lembrada, o câncer era o cartola, o dirigente, o parasita, o que controla o espetáculo e o que lucra, com vitória ou derrota, o que a torcida não vê, o de terno e gravata, o que sucede pronomes, doutor, excelência, o insidioso, o que minava o pai, que o corroía, que o sugava, que o derrubava em frangalhos, que ali na cama abriu os olhos como cortinas, a luz deitando ao palco, tiraram uma parte do órgão, começou, mas tem a outra parte, seguia o texto, ao qual deveria engatar um chiste, que ficou só na expressão, menos materializada no rosto que pensada, mas que ainda assim o filho percebeu, e prometia ver o próximo jogo do time em casa, porque se essa merda não me tirou a vida também não vai me impedir de ver o Corinthians.

11

O pai deixou de beber, diz o filho, parece que ouviu o médico, retirou o álcool antes que o álcool o retirasse da vida, sua companhia constante, que o filho nunca soube se por gosto apenas, se por desgosto, se vício ou melancolia, isso o pai nunca lhe disse, nem a mãe, que era ruiva e apenas criticava o hábito, mas também nunca tentara explicar ao filho, ou porque não soubesse, ou porque o assunto era de não se falar, como são assim muitos assuntos na família, a mãe não falou mas alegrou-se de o hábito cessar repentinamente se bem que não por vontade do pai mas cessou, o antes agora não importava, valia o instante, conversavam novamente, talvez por anos de assunto acumulado enfim postos em dia, o pai ainda saía como era seu costume, passava muitas horas fora de casa, perambulava no novo bairro, que era bem mais distante do centro, que as casas eram mais baratas, mas em casa os dois falavam, um com o outro, só os dois agora, que os filhos já não estavam, ou já estavam em outras casas, com outras famílias, as suas ou as de outros, falavam coisas da vida e não de morte, que essa fosse ou esperasse a vez e não era ainda, diziam, não sem chiste, que a mãe agora até os ouvia com complacência, falavam dos filhos e netos, do que não viam e viam, falavam do que não falaram quando estiveram calados, falavam do que são as palavras, do que omitem e revelam, o que dizem de nós ou o que somos por elas. Na verdade, não diziam bem isso, é o filho que o acredita terem dito, tantos anos de silêncio ela teria que ser assunto, a palavra, a palavra é um objeto como tantos, como o próprio silêncio, certamente disseram isso, ou o pensaram, ou o sentiram de alguma forma que não se revelou nas palavras, mas lateralmente, nos gestos e pausas, nos respiros e indecisões, no metafórico dos dentes e olhares, não os que trocaram, porque já não os trocavam, mas os que lançaram à janela, às portas, às luzes no corredor, ao pelo do gato que facilitava a conversa ao distrair os olhos de ambos, mas falaram, insistia o filho, enquanto o pai retomava os dias, reconstruía os sentidos e significados, passeava com os cachorros, ia ao mercado, talvez o pai pensasse mais porque caminhava, a mãe gostava de ficar em casa, talvez por isso falasse mais, que é outro modo de pensar, esse em palavras, aquele em imagens, já que nenhum deles escrevia, que é misturar os dois modos, os que escrevem só o fazem porque andam, que escrever é mesmo trilhar, o filho divaga, e o pai andava pelo bairro, que era distante do centro, isso já disse, mas é bom repetir, as casas de alvenaria, não terminadas, igrejas em todas vielas e becos, que o bairro à noite canta em muitas doutrinas e dogmas, o jornal e o pão custosos de achar, o carro pouco tirado da garagem, por falta de combustível, por documentos vencidos, sempre algum empecilho, embora as visitas ao médico levassem meses de espera, o pai mantinha o sorriso, falava muito com os netos, que caminhavam às vezes com ele, vestia mais suas camisas, que os filhos e genros agora lhe davam, gritava nos jogos que assistia sozinho, embora agora mais contido, por vezes resmungado, não pelo vizinho, nem pela mulher, que era ruiva, mas porque agora os sentia diversos, com outro timbre e tonalidade, como se o grito já não exigisse potência, apenas saísse do peito, robusto, rompendo as fileiras do eterno, como se o instante do gol fosse infinito, e o perene fosse somente a voz palmilhando o espaço.

12

Pergunto ao filho se seu relato é uma crônica esportiva, como queria, porque ainda não falou muito dos jogos, ele estranhou, achou que só havia falado disso, tentei argumentar que não, dava a entender outra coisa, não falara do time, das conquistas, dos ídolos, tudo que se faz numa apologia, ele rebateu que sim, havia dito, era o que estava fazendo, lembrava o Nelson Rodrigues e as crônicas sobre o Fluminense, que pouco diziam do time, mas do Tempo, do Universo em formação, das galáxias, ou do Armando Nogueira, profundamente lírico, fazia poemas da bola em crônicas com quatro linhas, o Alcântara Machado, nas cenas da vitória do Corinthians sobre o Palestra, numa cidade de chapéus e trilhos, do João Cabral sobre Ademir da Guia, o homem dentro do pesadelo, com o chumbo dominando o adversário, de dentro, ele tinha referências, não há de negar, lera em linhas o que praticara em campo, o branco da página, os traços do campo, tudo uma mesma escrita, imprevisível, não era isso o que vinha fazendo desde o início do relato, achei que a discussão ia longe naquela linha de raciocínio, e mudei o plano, não cabia o relato em refrão de torcida, a crítica censuraria o gasto de tinta, não era elogio ao time, nem memória afetiva, nem ficção, nem história, talvez ficasse num limbo, que é o de não pertencer a nada, como o vestíbulo de Dante, ser atacado por vespas e moscas por não se definir por algo, quase o que sofre o jogador que não corre, não se esforça no campo, não dá carrinho, chutão para o alto, fica apenas observando o jogo, um anti Biro-Biro, mas o filho disse que não importava, tanto fazia se os outros lessem ou classificassem, desde que seu pai e seu filho apreciassem, ou nem mesmo eles, valia o prazer do relatado, eu disse que não era bem assim, tem os leitores, os que vão em livrarias e compram os livros, nem todos os compram, porque são caros, porque não leem, porque são grossos, porque a cor e o cacete, que sabe-se lá o que fazem na livraria, o fato é que alguém lê e esse alguém quer algo que lhe diga o que ninguém nunca lhe havia dito ou que tenha alguma importância ou que tenha alguma beleza ou que relembre ou que chore ou satirize ou provoque a inteligência ou fantasie ou ensine ou brinque ou invente ou distraia ou recrie ou envolva ou que seja de tal modo verdadeiro que espelhe o já feito ou satisfaça o que coleciona, que exalte o time, o engrandeça, o singularize, o diferencie, ou provoque a crítica, ok, esqueçamos a crítica, que essa tem por lema ser insatisfeita, assim como qualquer homem, a diferença é que a projeta nos outros e não em si mesma, e o filho repetiu que não importava, leriam seu pai e seu filho e talvez a eles algo dissesse, quem sabe, de qualquer forma sempre resta o fogo, é destino do livro, lembra Cervantes, o esquecimento das prateleiras, ensina Borges, a fome das traças, escreve Pompeia, ou, por desespero, a opção de manter o livro fechado, não perturba, não provoca, não causa asco, sobrevive na indiferença, que é pior que o silêncio e tem outra qualidade. A língua morre e as tabuletas também, escrevia Pessoa, assim me dizia o filho, escreve logo essa porra, se alguém achar que serve, ótimo, se não, que leia outra coisa, as bibliotecas estão às moscas e os livros são caros, há sempre um que agrade, ou vá ouvir música ou assistir uma série, e não me enche o saco, aqui é Corinthians, tá ligado, mano, é nóis na fita, escreve o baguio e num embaça, foi o que o filho disse, com o sotaque que normalmente não tinha, embora fosse da Mooca, era só graça, curtia imitar os primos, todos corintianos, a família inteira, do avô baiano aos bisnetos, doença de vício ou sangue, embora sempre alguém desgarrasse, os fatos se confundiam, família e time, a história e os jogos, nos relatos das tias, de tempos idos, de pobreza, mortes e nascimentos, polícia e casamentos, sempre se ouvia a palavra Corinthians.

13

Há noites em que a cidade se assemelha a uma garganta, ressoa porque canta e porque grita, que é da natureza do homem gritar, que antes gritou do que falou, quando nasce grita, quando tem dor grita, quando estoura de alegria grita, que antes de erigir a palavra seu monumento de expressão expulsou o que de dentro não cabia em grito, o ar do homem e o ar do cosmo se encontraram no grito, assim a cidade à noite rompe, quando muitos dormem ou insones o pretendem, dentro das casas, confinamentos, dentro dos bares e copos, entre os seus e sem eles, nas periferias e centros, nas avenidas e ruas logo tomando o asfalto como bárbaros surgindo por todos os cantos reverberando o som da origem, primal, selvagem, irracional, que iniciou no estádio, na TV com milésimos de retardo, o tempo presente que é passado e será ainda futuro, que o gol vem em camadas de grito, como uma onda, e o grito do filho que estava a vinte metros da trave vir antes do grito do pai na sala da casa, como vidas paralelas em tempos diferentes, sem se comunicarem, talvez já fosse mesmo assim, eles é que não perceberam enquanto a cidade gritava o título e fechava a avenida Paulista, quando se podia fechá-la, quando se ria na avenida e se gritava, quando se ofendia e desancava, já não é bem assim, o filho sabe, o cavalo que lhe veio em cima o avisou antes de atropelá-lo, o cassetete a um palmo do rosto, a corrida que deu, não tivesse as pernas longas e seria pisoteado por aquele belo cavalo, crinas penteadas, de castanho brilhante, mas ele é que estava ali, no lugar errado, dizendo o que não devia sobre quem não escutava, àquela hora, com a roupa que queria, embora as razões de Estado, embora o governador, a fala do coronel, sempre passava naquela rua, nem sempre gritava como naquele dia, nos outros dias havia outros barulhos, de pessoas que não gritavam mas a fala era alta, de carros que não gritavam mas que eram carros e isso basta, e nenhum cavalo entrava na rua pisoteando os que passavam, há barulhos e barulhos, é claro, o filho sabia, embora justificassem de modo obscuro, abstrato, retorcido, barroquizado, há uma certa dificuldade do filho entender, não o argumento, mas os motivos, tantos desvios de palavras, tantas camadas sobre a verdade, tantas máscaras sobre o caráter, nunca foi de vestir fantasias, não imaginava ser outro senão ele mesmo, nunca deixou que o maquiassem, com a bola no pé virava para o gol, o passe de lado era sempre avanço, só estratégia para atingir a meta, não tinha firula, ornato, circunlóquio, nada que desviasse do alvo, por isso não compreendia que a rua pudesse ser bloqueada à pancada e tiro, a mesma que toda semana estava congestionada e barulhenta, poluída e apressada, mas caminhá-la aquele dia, com aquelas cores, falando alto, era uma afronta, talvez ao cavaleiro, talvez ao que mandasse nele, talvez ao que mandasse no que mandava nele, talvez um que morasse ali e preferisse o barulho dos carros ao barulho de gente, isso o filho não sabia e nem o pai ficou sabendo do sangue do filho, nessas coisas os dois não falavam, embora pai e filho sempre se pareçam, eles nunca copiam um ao outro e nesse caso era melhor que não falassem, não haveria Corinthians de consenso, o filho não admitia o pai desempregado e empobrecido defender essa canalha atrás das mesas, empunhando canetas e enriquecendo, o pai pensava o filho mal influenciado, muita leitura, que era já vício incurável, devia ter feito advocacia ou coisa que o valha e que dá dinheiro, por isso não conversavam sobre esses assuntos, discordavam desde Fernando Collor e nunca mais se acertaram, então esse silêncio, o pai só soube da gritaria do título, porque vira o jornal da noite e a avenida tomada nos dois sentidos, havia fogos e bandeiras, tocavam o hino, um imenso telão reprisava os lances, e lá no meio da multidão quando a câmera focou alguém que comemorava o pai viu o filho, isso antes do sangue, com a antiga camisa listrada, uma réplica, segurando uma lata, falando entre amigos, sorridente e loquaz, e o pai imaginava o que dizia, mas não era de fato o que falava, o assunto ia para outro campo, que não era gramado. Há noites em que a cidade grita até alta madrugada, essa foi uma delas. O pai dormiu logo, o filho varou a noite enquanto a cidade acomodava os que dormem e os que não queriam dormir. Em algum momento os gritos param, o dia retorna e a cidade volta ao trabalho, com a voz rouca e baixa, com fastio e cansaço, com ironia e despeito, sobre os cacos e manchas da noite passada. Nada de novo sob o sol, pensaria o pai se lembrasse a passagem, enquanto o filho avalia no espelho o tamanho do corte.

14

Na noite do campeonato, ao fim do jogo, o pai telefonou ao filho. Queria parabenizá-lo embora o filho não estivesse em campo, não fosse jogador, técnico, dirigente, massagista, não tivesse ido ao estádio nem comparecido a um jogo sequer do campeonato, que os ingressos eram caros e terminavam logo, ainda assim o pai ligou ao filho para dividir a alegria do título recém conquistado, mas o filho não estava, assistia ao jogo a centenas de quilômetros dali, ao lado de vacas e cavalos, nem todos torcendo, em outro tipo de campo. Gritaram também, ou o filho gritou e as vacas e os cavalos que torciam tentavam acompanhar com o que poderíamos chamar de gritos de vacas e cavalos, outros só mugiam ou relinchavam, havia ovelhas que baliam e um avestruz que fazia algo não classificável em meu vocabulário, que esses verbos animais, às vezes pernósticos, não se divulgam abertamente, e os sons reverberavam nos morros ao redor, os gritos e outros, não se viam fogos como na cidade, somente os brados do filho e o que já disse dos bichos, os que torciam. Nem por isso foi menor o êxtase, nem por isso o grito foi mais baixo, tenho, e o filho também teve, a impressão de que tenha sido mais alto, porque na escuridão se ouve melhor, porque os morros o lançavam de volta, porque as vacas mugiam solenes, porque o filho se enrolava à bandeira e gritava ao infinito. Por isso o pai não falou ao filho, não sabia de sua ausência aquela noite e ligou eufórico, também aos berros, mas quem o atendeu foi a nora, que afastou o fone do ouvido para distinguir o que o sogro dizia e explicar-lhe aos poucos a ausência do marido, ou do filho, como queiram, enquanto o sogro se acalmava. Mas o neto, que até então entalara o grito porque a mãe não deixara que àquela hora acordasse os vizinhos, que não dormiam, pois ninguém podia dormir com os gritos e fogos, quis falar ao avô, gritar ao avô, mostrar que o grito não se tranca ao peito, o choro não se represa aos olhos, o nojo não se esconde ao rosto, o ódio não se trava aos dentes, a dor não se confina ao corpo, que ela cresce e incha, vaza e mancha, e o gemido se prolonga além do que a dor doía, era o que o neto agora ao telefone dizia ao avô, que o neto era dado a filosofias e pensamentos, os dois berrando nas duas pontas da linha a cem quilômetros de distância, que esse aparelho é uma maravilha, um espetáculo, os dois se ouviam e se espantavam, que é o propósito, falar com alguém distante, pôr a presença na ausência, como o marido que cuida da esposa adoentada, que não saía da cama e que se precisasse de abraço e afago, de remédio e comida, de conforto e incentivo, não precisava gritar ao marido, nem mesmo tinha força para o grito, tal era a condição em que se achava, bastava usar o aparelho, bem ao lado da cama, aproximá-lo da boca e dizer baixinho, que o marido ouviria do outro lugar da casa em que estivesse, no andar de baixo, caro mio, ti voglio bene, la mia vita senza te non sarebbe nulla, e ele subiria ao quarto dela e lhe afagaria as mãos, lhe enxugaria o rosto quente, recitaria os versos que ela tanto amava de *La vita nuova*, que ambos sabiam de cor, e Meucci colocaria o telefone ao lado, o que importava era Ester, por isso inventara o aparelho porque para isso eles servirão, os aparelhos são para aproximar os que se amam, assim ele pensava, e outros também pensaram, mas estavam todos errados e se frustraram com o que foi feito dos aparelhos que inventaram, mas não é o que importa, nem é esse o assunto, falo de Meucci e a esposa, ou melhor, do neto e o avô, importa que avô e neto pensavam que o aparelho era para aproximá-los e ali estavam os dois próximos sem estarem, gritando sem se ouvirem, ou ouvindo algo que era deles, mas não eles, que não é nossa voz que vai na linha, mas isso já é outra coisa, estavam os dois na mesma sintonia, o neto gritava ao ouvido do avô com toda a força, embora a mãe o repreendesse, e o avô gritava e ria, e o filho, que não está nesta cena, mas em outra, gritava também e montava as vacas, as que torciam, e que mugiam e pulavam na noite fria, porque era julho, e o céu estrelava no campo, brindava estrelas ao filho, enquanto os fogos de artifício, o avô e o neto ouviam entre os gritos.

15

Maneiras que o filho tem de recordar ao pai: um distintivo à parede, feito em gesso, pintado sem esmero, desses de beira de estrada quando estaciona o ônibus para que todos mijem, o tempo é curto para mais, tomem café e comprem uma lembrancinha, um tanto brega, feita em série, que se ponha junto à churrasqueira e que em meses se quebre; no bolso um chaveiro, companheiro constante, visto na saída de casa e na volta, com chaves da casa e do trabalho, de cadeados não utilizados e de portas que já nem lembrava, de modo que o usasse muito, e o símbolo reiterado ao longo do dia apenas reafirmasse sua identidade, como se a não soubesse, uma espécie de lembrete para o que nunca esquecemos, aquilo que somos, que ninguém nos arranca da alma; uma caneca de leite, na qual tomava todas as manhãs o seu café, relia os títulos impressos e relembrava cada um, em detalhes, enquanto tomava seu café e mordia seu pão com manteiga, na manhã da sexta, ao mexer o açúcar, o título de 95, enquanto o de 82 vinha ao escovar os dentes, com prodigiosa memória de cada lance, a comemoração, o lado do campo em que o gol foi feito; a gaveta de camisas, que aumentara ao longo dos anos, porque havia novidades, fazia parte do marketing agora, o que não havia na infância, que era apenas camisa e escudo, depois um patrocínio, mas eram sempre conservadoras no estilo e na tradição, mas agora, até outras cores, com justificativas, coisas que o pai não gostava, só apreciava a listrada, sem inovações, já o filho possuía várias, de diversos modelos, o que valia era o escudo, a essência, dizia ele, já nem as usava tanto, só nos fins de semana, para ir ao parque com as crianças, embora a esposa implicasse, que não era torcida organizada, ele e o moleque vestidos assim, não iam ao estádio, mas não ligava, passara a não ligar, e as camisas passeavam para todo lado, em dias de jogos e dias comuns, em procissão e velório, em restaurante e evento, em livraria e farmácia, só não ia com ela ao trabalho porque lá o chefe invocava, não gostava do esporte, não queria piadas e costumava assistir jogos de vôlei nas tardes de sábado e manhãs de domingo; e os jogos, gravados em vários sistemas, editados ou completos, comentados e narrados, com locutores de muitos sotaques e trejeitos, chutou é fogo, tiro tiro li, éééééééééé, olha o gol, jogos de títulos, memoráveis, sofridos, goleadas, lances e gols aos milhares de todos os tempos registrados em câmeras, o estético e plástico, o épico e dramático, o trágico e cômico, tudo assistido em silêncio ecumênico, à disposição quando quisessem, visto e contado, como doença e partilha, como vício e herança, como elo e memória, as madeleines de Proust, a reconquista da infância, as ruínas erguidas, um modo de estar junto ao pai quanto mais distante ele ficava, puxado à força pelo redemoinho implacável do câncer.

16

Nem sempre o que o pai endereça ao filho o correio entrega, às vezes extravia, apesar da fé na instituição, ela também falha. O que o pai ensina ao filho, o que repete com ênfase, o que demonstra com paixão, o que aconselha com gentileza, o que expõe com convicção, o que ordena com clareza, o que afaga com amor, o que elogia com orgulho, o que sussurra com alma, o que olha com confiança, o que assente com tranquilidade, nem tudo o que o pai oferta ao filho com este fica, há verbos que o vento leva, afagos que o mar afoga, presentes que a chuva estraga, ideias que o sol resseca, o pai bem sabe, assim será, e assim se cria, para que algo reste no fundo é necessário acúmulo, que a essência decante, que o inútil se jogue, paciência, uma camada fica, a educação é isso, o que sobra. Às vezes, porém, o pai transmite por distração, por acaso, por conjuntura, por inconsciência, uma linha da testa, uma curva no ombro, um detalhe da orelha, o timbre do riso, o negativo que a esposa aponta como herança paterna, o encaixe do pé ao chão, a redundância do sangue, que agora o pai lembra ao filho e lhe pede o exame, porque não fora só o pai, mas a avó, o tio, o bisavô, e vários casos, o gene é foda, diz o doutor, em outras palavras, de outro calão, não menos duras, era melhor prevenir, não esperar que surgisse, e a demora dos exames, as assinaturas e carimbos, os atestados e comprovantes, as fotocópias das fotocópias, as filas e os andares, e tudo o mais que o filho já vira com o pai, a doença cavalgando sobre as salas de espera, os médicos em férias ou greve ou diarreia, o vácuo das vagas, os vazios que vigem, era melhor agora não repetir o pai, um ensinamento útil, reverter o hereditário, ultrapassar a altura do pai, exercer profissão diversa, dirigir por outras ruas, cometer erros diferentes, mas não esse, ninguém merece, por isso nem tudo o pai deve legar ao filho, ou este imitar ao pai, o orgulho de pai de esticar-se no filho, vencer o tempo e a morte, tem limite, o pai não quer transmitir a dor, o filho lembra o pai cioso quando operou os pés, não pisava o chão, não tocava em bola, e o pai carregando-o a todo canto, da cadeira à cama, do sofá ao banho, até que tirasse os pontos, e nem era herança do pai, ainda assim sofrera, sabia que dele herdara o vigor, pouco gripava, o humor sempre em dia, era do que o pai se orgulhava, por isso lhe dera a bola de presente quando se ergueu e andou, com poucas palavras, que as palavras falseiam o que mora dentro, o sorriso bastava à cena, o olho saltando das órbitas, a mãe se exaurindo em repetir olha os vasos, o quintal era grande, lembra o filho, e não tinha perigo, as mães são dramáticas, e outra, sabia o que era, os pés calibrados, onde colocava a bola, era melhor que o pai, os dois disso sabiam, que fora esforçado e correto, mas a precisão era dele, a cinemática, a geometria do lance, a geografia do campo, o pai não lhe dera mas de algum modo pertencia ao filho. Há verdades obscuras entre as mentiras claras, dizia Sócrates.

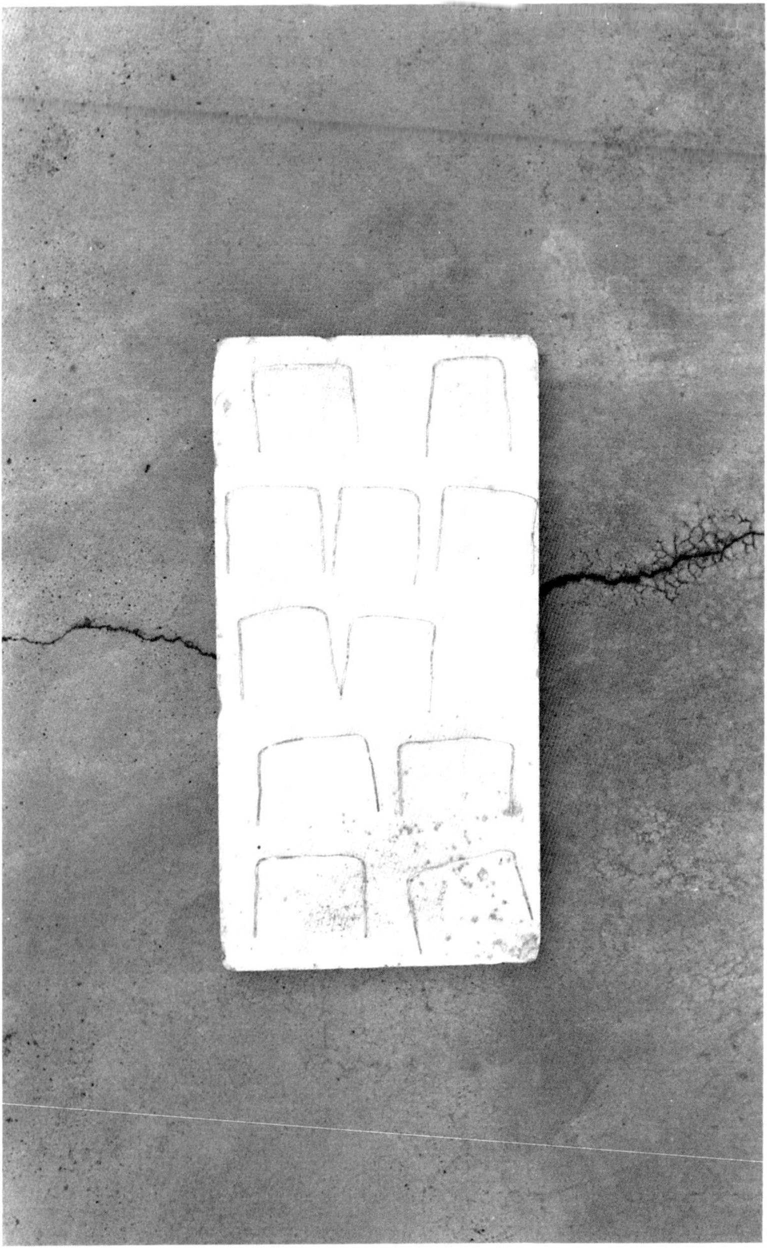

17

Se a memória é seletiva, o filho diz que a dele é esférica e curvilínea, a mais remota frente ao mar, na areia da praia, que em si era plana e longa, aos quatro, talvez cinco de idade, não se lembra bem, porque é mesmo isso, essa traição de dados, essas lacunas, esses desesperos quando você precisa dela, embora sigamos adiante sem a precisão dos fatos, chutava bola com o pai, o dia agradável, sol entre nuvens, era típico na região, mesmo em janeiro, dessas bolas leves, para crianças, que mais parecem balões de ar obesos, não sabem se voam ou caem, que vão com o vento, e que talvez assim o façam para divertir a criança, não sabemos o que pensam, cansá-las mais para que dormissem à noite, era um favor aos pais, talvez fosse já combinado, como saber, isso o filho também não sabia e continua sem saber, nem mesmo ainda o conjectura, quem perde tempo com isso sou eu, porque narro e às vezes cobram que o narrador pense, nem que seja uma idiotice qualquer como essa, fosse pensar a obrigação de quem narra, mas é assim, o leitor também é um insatisfeito e pede o que não preciso dar, mas o pensamento já foi feito e sigamos, o filho sabe apenas que chutou a bola, não sabe se para o lado certo, ou se o vento é que entrou no jogo, mas a bola foi longe do alvo, o pai insistiu que a buscasse, ele chutou, que a busque, assim se educa a criança, sem pena ou compaixão, a praia estava tranquila, o pai podia acompanhar com a vista, podia ir, correndo, antes que a bola se perdesse, o que não ocorreu, não essa, embora muitas outras viesse a perder na infância, que é outra parte do que não se diz, as bolas perdidas, mas esta não se perdeu, parou, alguns metros adiante, galgou a mulher estendida na areia, ávida de seu naco de sol, e sentou-lhe entre as coxas, junto ao monte, o que o filho ainda desbravaria, como se ali fosse seu posto de observação ou provocação, a olhar a praia, ou a mulher e suas curvas e formas abauladas, o que acho difícil, não é o que se espera de uma bola de jogo, talvez observasse mesmo a criança que vinha em seu encalço, sorridente e ligeira, o que a mulher também já reparara quando levemente assustou-se com a bola em seu corpo e por isso nem se moveu, apenas com o canto dos olhos aguardou a criança retirar a bola, deixando a mulher com seu sol, mas não era bem o que a criança atinava, nem ao sol nem à mulher dava forma, apenas via a bola, estática, àquela altura, suplicando que a chutasse, forte, alto, o que foi o gesto do filho, sem piscar, sem tocar na mulher, que o chute já era preciso, sobre quem saltou e continuou seu jogo enquanto o pai, a mãe ruiva, a mulher chutada riam do lance, que a memória do filho agora trazia, pura de infância, transbordante de bola, na rua, na casa, no campo de areia e no mato, na escola, no asfalto e nas tampas do dedo arrancadas, no encardido dos banhos, nas linhas e traves imaginárias, de redes bufantes, de cada drible, da memória prodigiosa dos lances, TV alguma tem guardado o que o filho tem na cabeça, a lembrança em doze pontos do campo, onde estava o goleiro, o som do zagueiro chegando, o cheiro da bola, o suor que ardia no olho e salgava a boca, o sol ardendo, a mão que afastava o adversário, o movimento do ombro, o jogo do corpo a preparar o chute, a temperatura da grama, a força que vinha de dentro do músculo, o grito que fermentava no peito, para que lado puxaria a bola e o tornozelo, se esquivando do atrito e mantendo o controle do jogo, o temor do goleiro que antecede o chute, nada disso a TV mostrava, mas ele tinha nítido, aos seis, aos nove, aos doze, aos dezoito, como se cada gesto acontecesse no exato instante da lembrança, e o passado viesse ao presente, ou este é que recuasse e o tempo fosse um só, talvez no ônibus chutasse alguém com uma lembrança, puxasse a perna no meio da aula, gritasse gol no meio do filme, talvez até, agora na cama em que me relatava tudo, com a voz entrecortada, elaborando as pausas para retomar o fôlego, o pai pedindo que se acalmasse, contasse com mais vagar, não se exaltasse tanto, talvez explicasse em que momento deixara a bola pelos livros, porque largara o campo se o amava tanto, o pai não compreendia esse outro vício, sem grito e movimento, sem emoção e glória, se do primeiro era tão íntimo, que modo é esse de se mudar o Destino, de romper vínculos, cobrir o passado, essa promiscuidade com a vida, que me explicasse isso agora, o pai já desistira, não era nada disso, sussurrava o filho, era um esforço o contraditório, então já não mais político, embora este permanecesse, mas o que valia agora, só em dizer o não o filho espremia os olhos, o livro não encobriu a bola, não a sujeitou nem sobrepôs-se a ela, eram complementares, dois lados da moeda, gêneros de um mesmo estilo, como se heterônimos do Pessoa, lembrava o símile, não mais futebolístico, mas o pai entendia, embora não compreendesse o motivo ou não visse razão suficiente de ter desdenhado a claridade solar do campo e a geometria precisa da bola pela penumbra custosa das metáforas, pela dissonância ingrata dos gabinetes. O pai não insistiu, pois o filho já ressonava e a enfermeira solicitara que o deixássemos descansar com seus gols e derrotas.

18

O câncer do filho começou pela pele, muito após o amor pelos livros. Rebatia o pai, que culpava as páginas amareladas e os ácaros, as edições mofadas e raras, as bibliotecas escuras, mas o filho afirmava com um sorriso terem sido os anos de bola sob o sol inclemente, as partidas após a escola, o ar livre das vitórias, o amorenado encardido da infância, bem diverso ao do pai, acobreado e brilhante, que lhe deram aquele cancro, sem muito alarde e drama, que não era do filho, assim como o pai, encenar novelas, e o cancro saiu tão rápido quanto chegou, muito mais que o do pai, só uma cicatriz no rosto, era até uma história, dizia, podia dar em livro, é o que fazia agora, vivia entre páginas e letras, lia e escrevia, conhecia histórias, fazia poemas, quem sabe não lhe desse um motivo forte, não um romance, mas talvez um pequeno conto, entre misterioso e fantástico, com algum humor, que sem ele não vale, mas o pai não pôs muita fé, os tempos eram de livros de ação, e isso aqui faltava. A ação pouco épica retirou o cancro sem assustar ao filho, embora um pouco a família, e muito a mãe ruiva, que além de ruiva era também sardenta, como cabe às legítimas, e sempre alertara o filho quanto às pintas, para as quais ele nunca dera importância, no que tinha certa razão, não foi a pele que o derrubou, fora o fígado, já se espalhara quando foi ao médico por conta das dores, dos vinhos mal digeridos, das picanhas devolvidas, dos jantares frustrados, e o filho se gabava que era o primeiro a inaugurar a modalidade, naquela parte a família ainda não estreara, mas a mãe ruiva não achava graça, o humor negro não lhe convinha, mas era o costume, filho e pai não abraçavam o drama, mesmo se guardavam silêncio, mesmo se contraíam o rosto, se a cor sumia, mas nunca uma palavra de protesto, um filho da puta quando se contorciam, um xingamento como o do estádio, só reclamava a dificuldade em ler, às vezes não concentrava o suficiente e as ideias embaralhavam e tinha que voltar linhas ou até a página, ou os remédios que entorpeciam e nada do que lia ficava. Perguntei o que pretendia e o filho me disse que desistira do tempo perdido, que Proust dava muitas voltas ou ele é que nessa situação não avançava os capítulos, que pegara o Brás Cubas, que também não avançava mas ao menos divertia e por fim lhe adiantava o outro lado, menos temeroso que Dante, abrasileirado, mais seu sarcasmo, que afinara com a doença, lia os pequenos capítulos e anotava, cada chiste, cada ironia, lembrava ao pai a coleção de

Machado de capa dura que havia na sala e ninguém a lia quando ele, numa tarde de tédio sem bola, puxou o Brás Cubas e se deliciou com a dedicatória ao verme inaugural, e daí os livros nunca mais estiveram longe, mas isso o pai não sabia, assim tão cedo, que as linhas do campo e das páginas levavam o filho, não mais do que o câncer, o filho não fizera essas metáforas, agora só lia, sem pressa, embora os médicos o apressassem, dizia, como quiseram fazer com o pai, sem êxito, que o pai lhes deu uma rasteira e continua a passear com os cachorros todos os dias, como também depois tentaram fazer com a mãe, que fora pega nos seios, mas também em vão, que ela era ruiva e voltou a ser ruiva depois das sessões, não se quebra assim uma mulher ruiva, brincava o filho, são uns mentecaptos, nunca leram Clarice, a medicina está hoje contaminada dessas múmias, agora querem que eu vá logo, que disponibilize o leito, recebem propina da Morte, mas não arredo a alma sem terminar o livro, e não tenho pressa nenhuma, que a Eternidade espera, por que logo ela apressaria alguém se está sempre lá, como podem ser tão burros, a vida é muito curta para os bons livros e para os belos lances, deviam ser eternos o soco do Rei, o punho de Sócrates, a morte de Diadorim, os olhos de Capitu, o livro e o jogo, embates contra o fugaz, desafios contra o tempo, sempre o risco de errar a meta, de perder o sentido, êxtase e frustração, glória e derrota, o filho elucubra e não lhe parece exagero o drible, a finta em hipérboles, o falar redundante, que uma vez seja, mesmo ao fim do escrito, não haverá celeuma ou polêmica, e lhe pergunto de onde lhe vinha o vocabulário, se de tantos livros, e ele segreda que não, o pai tinha um vício, que agora o tomava menos, que a vista não permitia, que era o de preencher palavras cruzadas, lembra que sua infância inteira, e o pai lhe chamava, sabia o interesse, portanto que a culpa das letras eram só dele, do pai, no que os dois sorriram do chiste. Mas e os livros, pediu-me silêncio, era domingo, olhamos todos a TV, a bola batera na zaga adversária e subira, o neto que nos chamara a atenção soltando um xingamento que não era ofensa mas estupefação, todos olhavam a bola, o tempo infinito, a suspensão dos segundos, os olhares de pasmo, a cabeça que dera arremate ao lance, o grito, novamente o grito, o avô e o neto, o filho não vira o replay, sorrira e dormira, o tempo dele já em outra partida. Jogava o Corinthians.

Posfácio

Quatro linhas e uma imagem

O ensaio fotográfico de Cídio Martins e a novela *A linha augusta do campo*, de Sidnei Xavier dos Santos, à medida em que se apresentam em conjunto, tratam de temas tautológicos, estabelecendo, no livro, um espaço de jogo. São, na verdade, três configurações lúdicas: o futebol, a fotografia e a ficção, que se espelham e conformam simetrias, certas jogadas típicas de cada modalidade.

A voz narrativa cria um relato a partir de alguém que fala sobre como encontrar a realidade através do retrato. Testemunha-se aí a angústia na confirmação de um pertencimento, no amor de pai e filho por um time e de um pelo outro. As imagens também se inscrevem aí, nesse limite que flerta com um mundo que existe como que por trás das quatro linhas de um plano anterior, tendendo ao imemorial, ao mesmo tempo em que vai se empalidecendo, se distanciando. Porque não são fotos satisfeitas com o real, mas que buscam um adensamento a partir de ângulos e aproximações que só a máquina pode dar a quem quer se expressar através dela. Chamam também atenção os materiais, sobras, que remetem a uma espécie de improvisação no trabalho estético, não no sentido da simplicidade, mas da criatividade dos recursos. É como se faz um campinho de futebol, criação análoga também a como se constrói a relação entre pai e filho, no livro: com muito pouco, migalhas do cotidiano no qual o futebol se insere.

Os dois autores formaram-se praticamente na mesma época, na Faculdade de Letras da Universidade de São Paulo. Nos corredores, com circulação hoje restrita, já discutiam estratégias para falar de poesia como se não fosse, com a discrição necessária para uma amizade nascente, diante da qual o aspecto passional do esporte pode ser problemático. Como se estivessem falando de um assunto capaz de reter, através de outro, seu sentido mais prosaico e ao mesmo tempo contundente. Visto de outra maneira, a leitura de pensamentos, ou de sentimentos, só pode existir enquanto textos criados como imagens.

Rafael Vogt Maia Rosa
março de 2020

Sobre o artista

Cídio Martins nasceu em 1972, em São Paulo. Estudou Letras na USP, e dedica-se à fotografia como exercício de expressão visual desde 1992. Publicou pelo selo Badaró o livro de poemas *Do não entendimento do mundo* (1997). Nos últimos vinte anos dedicou-se a preservação e pesquisa em acervos fotográficos museológicos e a produção e montagem de exposições. Com seu trabalho visual, participou de várias exibições tendo alguns de seus ensaios publicados em revistas, catálogos e livros.

Sobre o autor

Sidnei Xavier dos Santos nasceu em 1973, em São Paulo. Estudou Letras na USP, onde fez doutorado sobre os contos de Machado de Assis, Raul Pompeia e Lúcio de Mendonça. Em 1998 publicou seu primeiro livro de poemas, *Radares da tarde*, pelo selo Badaró, cooperativa que publicou livros de jovens autores da USP. Publicou de forma independente *Quando as deusas eram nuas* (2010), *A fábrica de aparências* (2012) e *O livro de J.* (2015). Em 2015 reeditou *Radares da tarde*, reescrito e ampliado. É professor de Literatura no Ensino Médio. De sua autoria a Quelônio lançou em 2017 o livro de poemas *Adão desdenha o Paraíso* (Prêmio Nascente 2016).

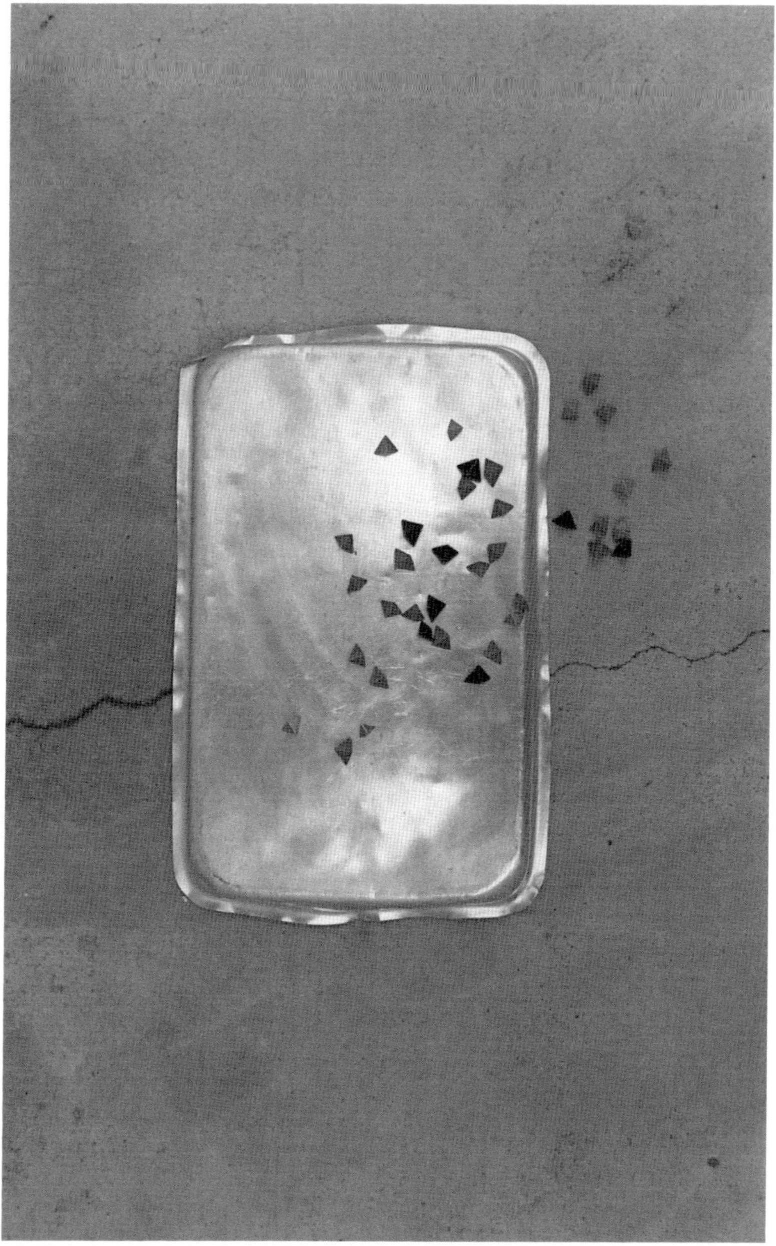

Edição e revisão Bruno Zeni
Capa e projeto gráfico Sílvia Nastari

Fotografias Cídio Martins, série Natureza-morta

Dados Internacionais de Catalogação na Publicação (CIP)
(Laura Emilia da Silva Siqueira CRB 8-8127)

Santos, Sidnei Xavier dos.
A linha augusta do campo / Sidnei Xavier dos Santos; fotografias, Cídio Martins; posfácio, Rafael Vogt Maia Rosa; capa e projeto gráfico, Sílvia Nastari. 1ª ed. — São Paulo: Editora Quelônio: 2020.
96 pp.; foto; 12,5 x 20 cm.

ISBN 978-65-87790-07-7

1. Ficção: Literatura brasileira 2. Literatura brasileira: autoficção I. Santos, Sidnei Xavier dos. II. Martins, Cídio III. Rosa, Rafael Vogt Maia IV. Nastari, Sílvia.

13-20206 CDD 869.93

Índices para catálogo sistemático:
1.Ficção: Literatura brasileira
869.93

Editora Quelônio
Rua Venâncio Aires, 1072
Vila Pompeia / São Paulo - SP
CEP 05024-030
www.quelonio.com.br

Este livro foi composto nas fontes Degular Text, de James Edmondson, e Minion Pro, de Robert Slimbach. As imagens são de Cídio Martins. O papel da capa é o Cartão Supremo 250 g/m^2 e o do miolo é o Eurobulk 135 g/m^2. Impressão digital: Ipsis Gráfica. Tiragem: 200 exemplares. São Paulo, novembro de 2020.